BLADE & BASTARD

Artwork: Makoto Fugetsu
Story: Kumo Kagyu
Character Design: so-bin

BLADE & BASTARD

Inhalt

... und
Wünsche!

Blade&Bastard

Artwork: Makoto Fugetsu Story: Kumo Kagyu Character Design: so-bin

Rodan ...!
Wie kann
das nur
sein ...

... bist zu
Asche ge-
worden!

Sogar
du ...

Wirklich
schade.

Doch wenn es euch nicht gelingt aufzuzeigen, dass sie ein noch besseres Leben führen können ...

... ist es uns erlaubt, ihren Tod etwas hinauszuzögern.

Natürlich ...

In anderen Worten ...

... müssen wir euch also mehr bezahlen.

... werdet ihr Gott nicht überzeugen können.

Tut mir leid, larumas ...

Hmpf

Hmpf

Was ?!

Scharlatane!

Wusch

ジャラ---
Klimper

Das wäre ein Problem für uns ... Wenn du uns da unten findest, dann bring uns bitte zurück, hörst du?

Verstanden, das werde ich.

... richte ihm aus, dass er sich davon nicht zu sehr herunterziehen lassen soll.

Ja ...

Mach's gut!

Klack

Ach ja ...

Wurde jemand hergebracht, den ich kennen könnte?

... aber ich bin ein Abenteurer und kein Sammler.

Ehrlich gesagt denke ich nicht, dass du dir allzu große Hoffnungen machen solltest ...

Nein, leider nicht.

Du weißt, dass das nicht geht.

Krah
Krah
Ich muss weitermachen, bis ich meine Kameraden gefunden habe.
Sonst kann ich nicht voran-schreiten.

Hey, schau mal.
Iarumas …
Diese Made …

Vor langer Zeit ...

Ob es wirklich stimmt, dass er sich nicht mehr an seine Vergangenheit erinnern kann?

... hatte die Menschheit vergessen, dass er existierte. Keiner wusste, wie lang dies zurücklag.

Doch eines
Tages tauch-
te er wie aus
dem Nichts
wieder auf.

Der Dungeon.

Alles, was man über ihn wusste, war, dass er wie eine völlig andere Welt war, die den menschlichen Verstand übersteigt.

Gefüllt mit tödlichen Fallen und Monstern, wurde man in seinen Tiefen angegriffen und verschlungen.

Innerhalb des Dungeons galten Menschen als die schwächste aller Gruppen.

Sie starben; oder aber sie überwanden Gefahren, erlangten Schätze ...

... und gewöhnten sich mehr und mehr an ihre neue Umgebung.

Doch trotz dessen gab es immer wieder welche, die sich auf der Suche nach Reichtum, Ruhm, militärischem Ansehen oder anderem in den Dungeon begaben.

Diese
Menschen
begann man
schließlich
...

...
»Abenteurer«
zu nennen.

Also gut ...

Wie tief soll ich heute hinabsteigen ...? Keine leichte Entscheidung.

Ich bin nicht hier, um zur Front vorzustoßen.

Es hängt wie immer alles von den Kunden ab, die sich vor mir befinden ...

26

Eine Gruppe Anfänger mit einem erfahrenen Abenteurer ...

Nur der Todesstoß wurde präzise ausgeführt.

Sie müssen tiefer vorgedrungen sein.

Er muss von einem Veteranen stammen ...

... wurde von einer einzelnen Monstergruppe bewacht.

Hinzu kam, jede Grabkammer ...

Tötete sie jemand und raubte diese Schätze, so erschienen sie eine Weile nicht mehr.

Monster bewachten die Grabkammern und die darin schlummernden Schätze.

In anderen Worten: Folgte man dem Pfad, der bereits von jemand anderem gesichert worden war, konnte man den Dungeon gefahrlos durchqueren.

Hier ist es erst mal sicher ...

Gorrrogg

Grrrrrrr

Trotzdem musste man sich vor streunenden Monstern und Fallen in Acht nehmen.

Nur um ein wenig trügerische Sicherheit zu haben ...

... verzichtete man auf jegliche Schätze und Ehrerbietung.

Es war einfach absurd.

Mein Abenteuer wegzuwerfen, nur um mich auf die Suche nach den Leichen anderer Abenteurer zu begeben ...

Es ist langsam an der Zeit, das hier zu verwenden ...

Wuff...!

Nur fünf ...?

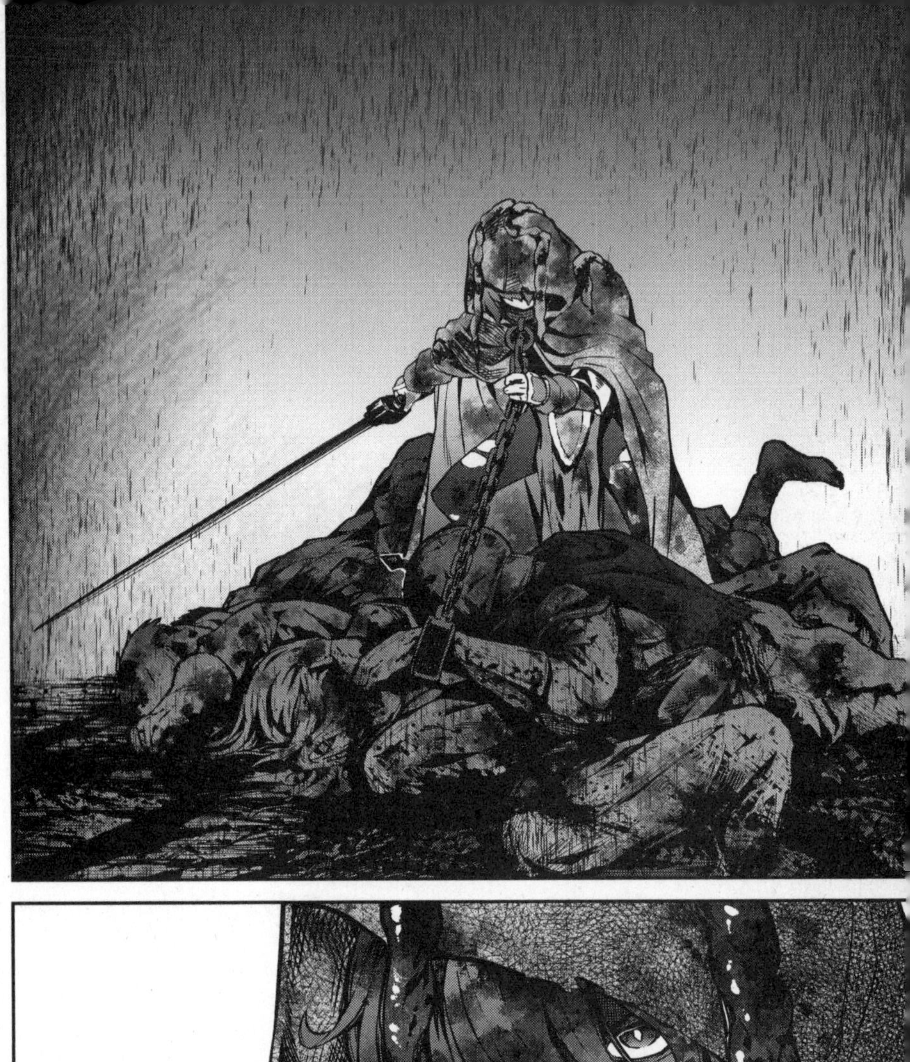
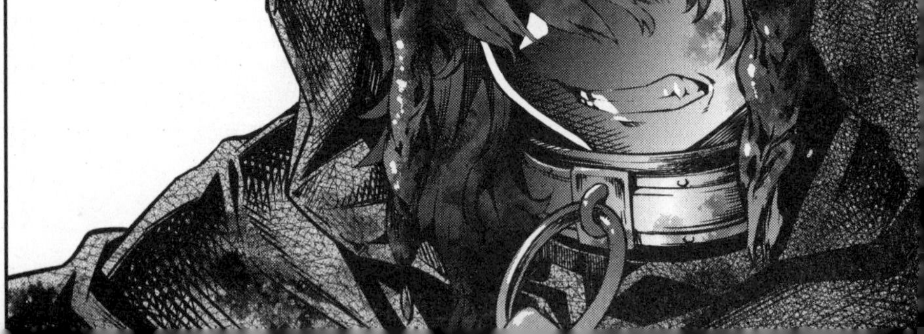

Rassel
カ"チャ

Rassel
カ"チャ

Eine
Kette
...?

Davon
hört man
öfter.

Nachdem
sie ihren
Opfern all ihre
Besitztümer ab-
genommen haben,
benutzen sie sie
als menschli-
chen Schild.

Sie
haben also
unerfahrene
junge Men-
schen aus-
genutzt.

Bwoh

»Hea Lai Tazanme«!

Ally Dasch

Wuff...!

Ihn zu töten, würde uns keinen Nutzen bringen.

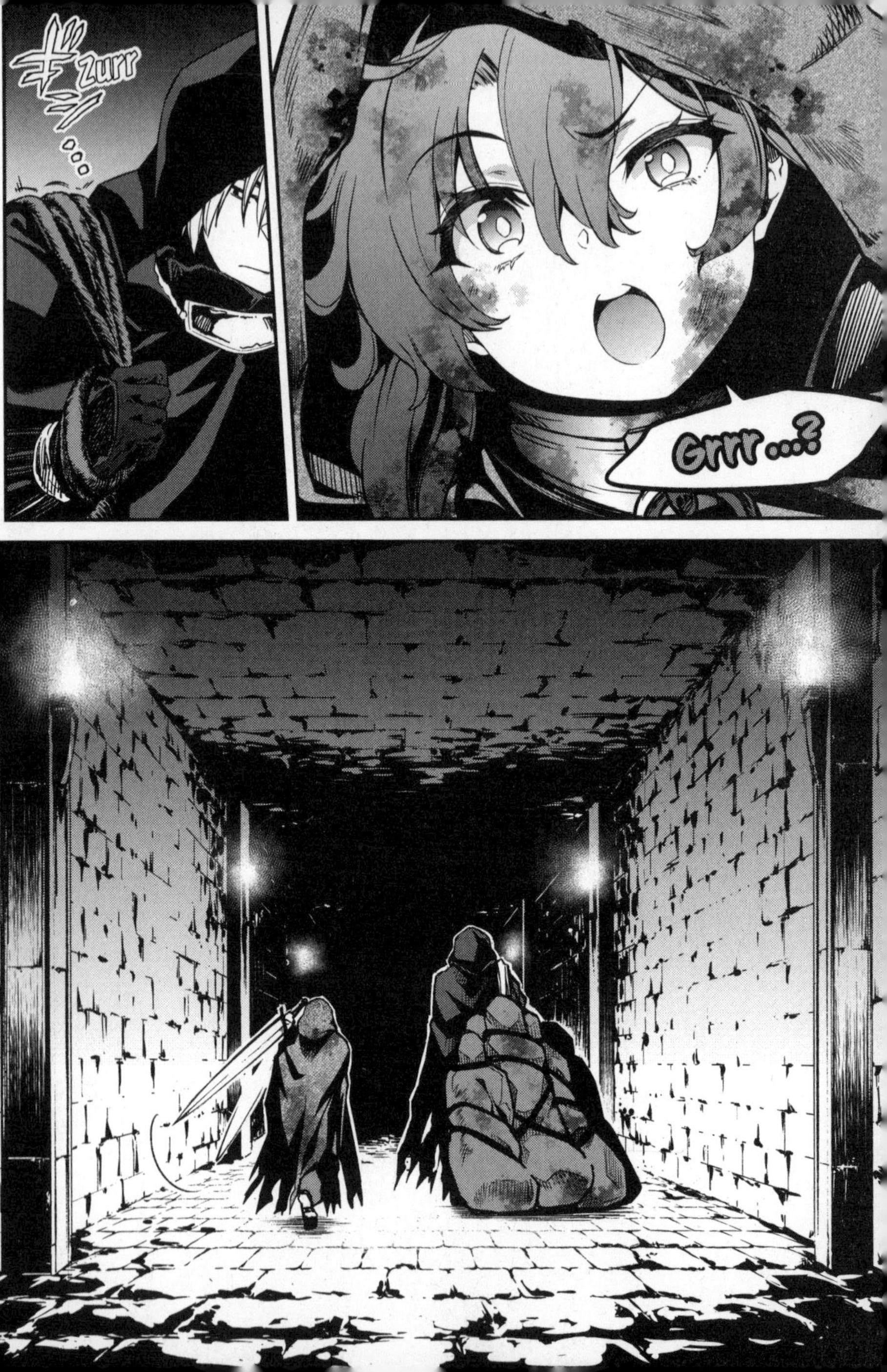
Grrr...?
Zurr

Würdest du diesen Spitznamen endlich sein lassen?
Hoppla ... Stimmt, das gefällt dir ja nicht. Tut mir leid!
Macht es dir was aus, wenn ich mich zu euch geselle zum Essen?
Wenn du keine Angst vor Leichen hast, bitte.
Grins
Solange sie tot sind, gibt es keinen Grund, sich zu fürch-ten.
Patamm
Hey!
Bringt mir ein Maß Bier und Fleisch! Gegrillte Wildschwein-schenkel! Und Kar-toffeln!

Aber hör mal ...

Jeder tut, worauf er Lust hat.

Was ist mit den All Stars?

Arf?

Hast du etwa mit Garbage eine Gruppe gebildet?

Und er hat mich beim Essen angestarrt, also habe ich ihm auch et- was gegeben.

Er ist mir einfach gefolgt.

Ratsch

Wie, das wusstest du nicht?

Ein gemeiner Name, oder?

Wuff!

»Garbage« ...?

Srrrt

Nun, der Name kommt nicht von ungefähr ...

Hamm

Hamm

Hamm

Zumindest hat er einen Namen.

Ich finde, er klingt nicht schlecht.

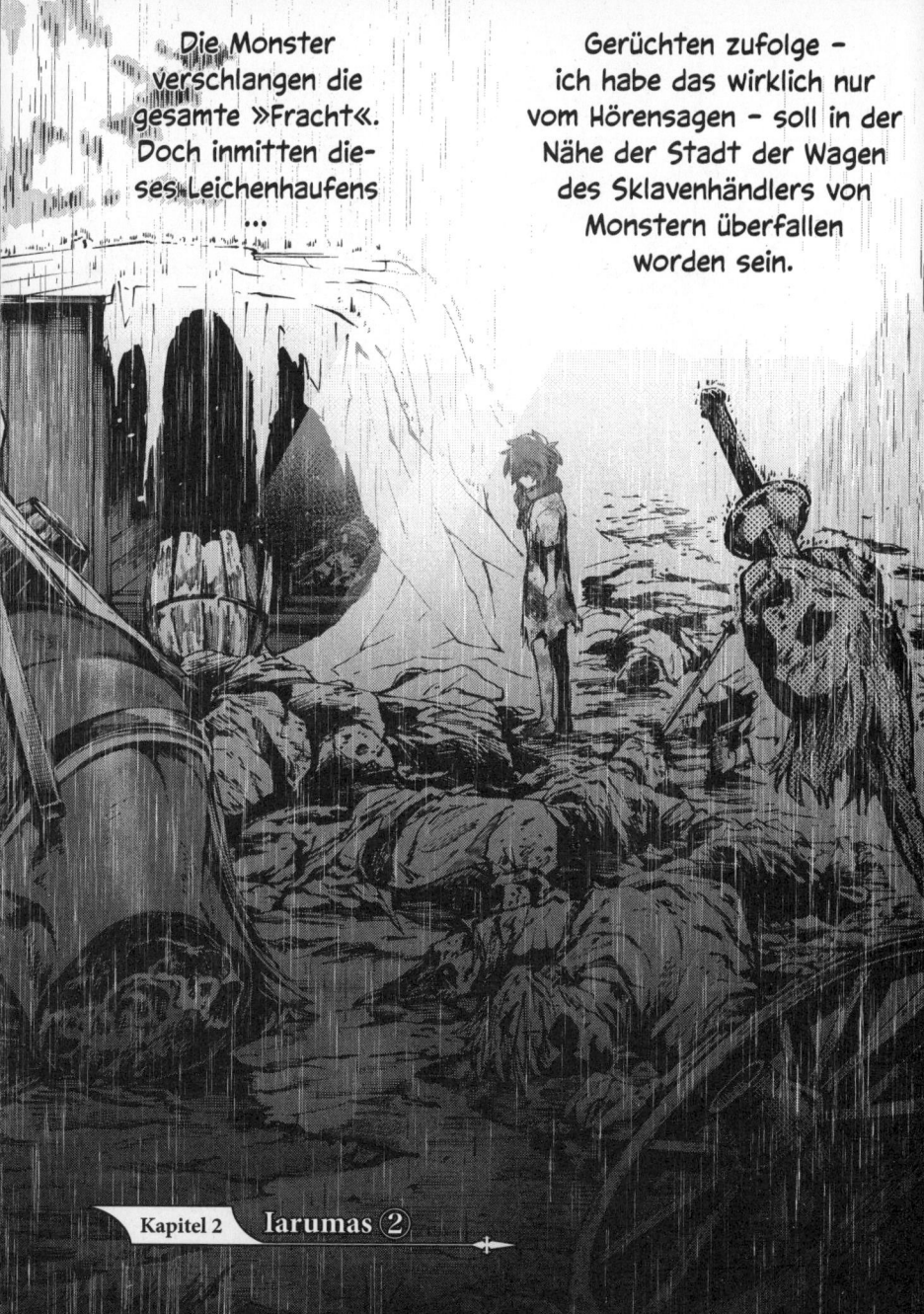

Die Monster verschlangen die gesamte »Fracht«. Doch inmitten dieses Leichenhaufens ...

Gerüchten zufolge – ich habe das wirklich nur vom Hörensagen – soll in der Nähe der Stadt der Wagen des Sklavenhändlers von Monstern überfallen worden sein.

Kapitel 2 Iarumas ②

Oh?

Ist etwas vorge-fallen?

Genau-so wie heute.

...haben versucht ihn auszunutzen, doch irgend-wie hat er überlebt.

Und ich dachte schon, du hättest ihn gekauft, Iaru-mas.

Hmm...

Genau.

Also bist du neutral?

So ein guter Mensch bin ich auch wieder nicht.

Dann hättest du ihn doch einfach nur retten kön-nen.

Ich bin kein Schur-ke, der Men-schenhandel betreibt.

Beim Töten ist es angeblich von Vorteil, die richtige Menge an Boshaftigkeit in sich zu tragen.

Aber vielleicht denke ich auch nur nicht allzu tiefgründig über solche Dinge nach.

Klack

Nun, Neutralität zu bewahren ist nicht so einfach. Ist das eine Art Training für dich, oder wie?

Hüte dich.

Wovor?

... aber das bedeutet nicht, dass ihr Clan das auch wurde.

Die Gruppe dieses Jungen mag zwar ausgelöscht worden sein ...

Hmm ...
... je länger ich ihn ansehe ...
Hiiek
ひえっ…
... desto bekannter kommt mir sein Gesicht vor.

Katschak

Swusch

Hey
...

Fiep?

Wenn du schlafen willst, dann dort. Das hier ist mein Schlafplatz.

Wuff...?

Kümmer dich nicht drum, schlaf einfach!

Arf

Wenn ich in einem Bett schlafe, fühle ich mich immer so, als wäre ich alt.

Wenn ich mich jemals aus freien Stücken dazu ent- schließe, in einem Bett zu schlafen, werde ich mein Le- ben als Abenteurer beenden.

Das ist viel bequemer als in einem Bett.

Als würde man im Stall schlafen ...

Der kalte, harte Boden ...

Sicher habe ich das in meinem letzten Leben auch schon so gemacht ...

Der Geruch des Todes, der die Leichen tagtäglich umgibt ...

All das ist fest in mir verankert.

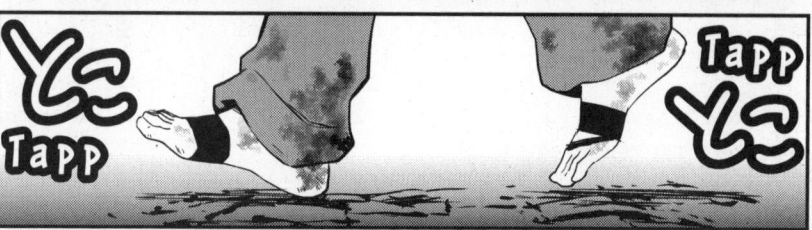

Wau?

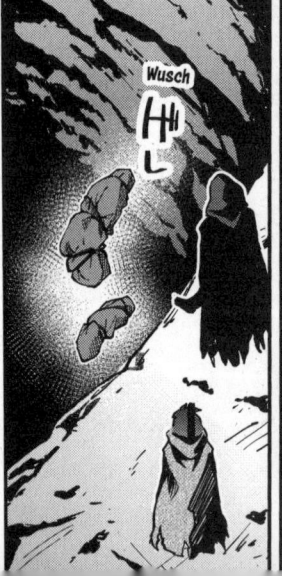

Wusch

Je mehr
Leichen,
desto
besser.

Fiep ...?

Du musst mich nicht begleiten.

Arf

WUPP

Verstehe.

Was machen die denn da drüben?

Ich weiß!

Gib ihm keine Zeit, seine Magie zu wirken!

Offenbar ist kein Magier unter ihnen.

Zwei Krieger und eine Art Dieb ...

Tschack Tschack

Harr!

Jetzt stirb endlich!

Tschack

Tschack Tschack

Schf

Kliiing

Schrrrrt Schrrrrt

Ich kann mich nicht daran erinnern ...
... gesagt zu haben, dass ich ein Zauberer bin.
Bwatsch
Was ...?
Ein Säbel ...?!
Ein Katana, um genau zu sein.

Stopp ...

Grrr!

Grins

dapp da Da Wusch

Ist der schnell ...

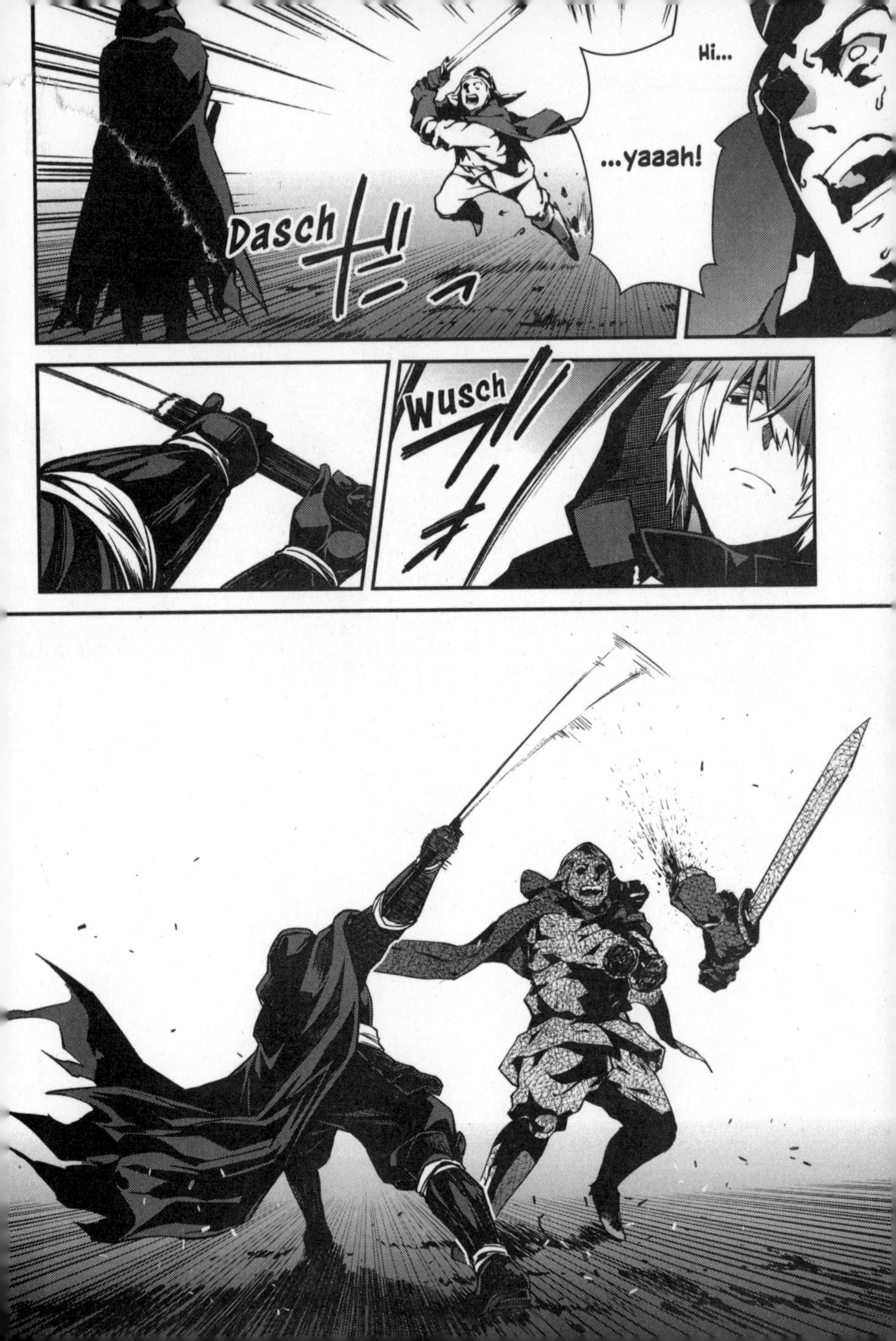
Hi...
...yaaah!
Dasch
Wusch

Aaaah?!
Hättet ihr einen Priester dabeigehabt, wäre diese Wunde nicht tödlich. Leider war dir das Glück nicht wohlgesonnen.
Ihr hättet euch von Anfang an vom Dungeon fernhalten sollen.
Tock
Dann wäre euch all das Unglück erspart geblieben.
Ah ...!

Hiiiek
...?!

Röchel

Röchel

...
bleibt nur
noch
...

...
einer.

Damit
...

Uwaaaaaah ...!

da 9!!
dopp
9!!

u...

Er hängt an seinem Leben ...

Nein, warte.

S s s t...

Wuff ...!

Wenn wir sie jetzt alle umbringen, wird es keinen mehr geben, der mir Geld für ihre Wiederbelebung bringen kann.

Jaul!

Wir werden uns sicher noch einmal über den Weg laufen.

Das wird nicht möglich sein, denn er ist ein Abenteurer.

Sich vom Dungeon fernhalten? Flüchten?

Willst du heute Abend wieder was essen?

Arf!

Starr

Okay ...

Wer weiß, was die mir antun, wenn ich ein wenig an Gewicht zulege.

Aber lasse ich etwas übrig, bekomme ich nächstes Mal weniger, also iss ruhig.

Ich soll dir also helfen deine Träume zu verwirklichen ...?

Du schuldest mir was, verstanden?

Hi hi ♪

Und du wirst mich begleiten, Raraja.

Sieh es als Investition.

Ich will diesen Clan schnellstmöglich verlassen und Geld verdienen, das ich dann meinen Eltern schicken kann.

Manchmal zieht er alleine los und wenn er wiederkommt, sieht er eben so aus.

Wieso klebt so viel Blut an diesem Kind ...?!

Wenn du dich schon um jemanden kümmerst, dann solltest du das auch richtig tun ...!

Das tue ich gar nicht und das werde ich auch nicht! Er folgt mir nur ständig!

Moment mal ...

Also echt jetzt!

Schäum

Schäum

... ist Garbage etwa ein Mädchen?
Was stimmt nicht mit dir?!
Wau?!
Grins
Grins
Du scheinst wirklich gute Laune zu haben.

Hmm
...

Ob das wirklich so funktio-niert?

Wer gut lebt, wird auch gut sterben!

Rubbel

Oje
...

Arf ...?!

TOPP

TOPP

TOPP

Schwupp

Grr...

Tja, ich schätze, ich werde erst in ein paar Tagen zurückkehren.

Ich habe darüber nachgedacht, ein wenig tiefer in den Dungeon vorzustoßen.

Deine nächste Erkundung wird also etwas länger dauern?

Er maß die Dauer seiner Erkundung nicht anhand der vergangenen Zeit, sondern damit, wie viele Vorräte er verbrauchte.

Er konnte nicht wissen, wie viel Zeit draußen vergehen würde.

Die Anzahl der Tage basierte allein auf seiner subjektiven Einschätzung der Zeit innerhalb des Dungeons und seinen Erfahrungen damit.

Ich hätte Sezmar eingeladen, wäre er da gewesen.

Werdet ihr beiden alleine losziehen?

Mögen sie ...

... ein gutes Leben und einen guten Tod haben.

Dasch

Ta Ta tapp

Ver-
dammt
noch
mal!

Ratsch

Röchel

Soll ich
sie wieder-
erwecken
...?

Alleine?

Aber
wie?

Selbst wenn
sie auch nur
ausgenutzt
wurden, habe
ich mit ihnen
zusammenge-
arbeitet ...

Röchel

Was
soll ich
jetzt bloß
tun ...?

Meine
Kameraden
sind tot.

Und
dennoch
...

Ich habe
bereits mein
letztes Gold
ausgegeben.

Allein kann
ich weder
Monster tö-
ten noch an
Schatztruhen
gelangen.

Wie soll ich
alleine das
Geld dafür
auftreiben?

D...
Das
kann
doch
nicht
...!

...
habe ich
Hunger!

Ratsch

Ratsch

Was
...?

Ver-
zeih,
junger
Mann
...

Wür-
dest du
mir etwas
von deiner
Zeit er-
übrigen
...?

Anscheinend steckst du in ziemlichen Schwierigkeiten.
Wenn es dir recht ist, würde ich dir gerne meine Hilfe anbieten.
Ein Zauberer?
Er wirkt nicht sehr vertrauenerweckend ...
Ratter
Weißt du, auch ich habe in meinen jüngeren Jahren sehr zu kämpfen gehabt.
Daher konnte ich es nicht ertragen, einen vielversprechenden jungen Mann so leiden zu sehen.
Ähm, ach, kümmere dich bitte nicht um mich ...
Hmm ...?

O...

Okay
...

Ein kleines
Bekannt-
machungs-
geschenk.

Dein Körper
ist dein wert-
vollstes Kapital,
weißt du? Also
bitte, iss!

Es
fühlt sich
so warm
in meinem
Magen an!
Lecker!

Kaninchen-
fleisch! Ist
das saftig ...
Lecker!

Lecker
···

Eigentlich
···

···
will
ich dich
um einen
Gefallen
bitten.

Lecker
···

Schaufel

Lecker
···

Es
geht um
eine Aufga-
be, die du für
mich erledi-
gen sollst.

Schaufel

Schaufel

Es
geht um
Geld?

Mir
ist alles
recht.

Eine
einfache
Aufgabe?

Damit
könnte ich
meine Kamera-
den retten.

Damit
könnte ich
mich sogar
rächen!

Lecker!

Lecker!

Nanu?
Wovon re-
det er?

Du wirst
diesen Stein
hier verwen-
den ...

Was
ist
das?

Ein merk-
würdiges ...
Amulett?
Nein ...

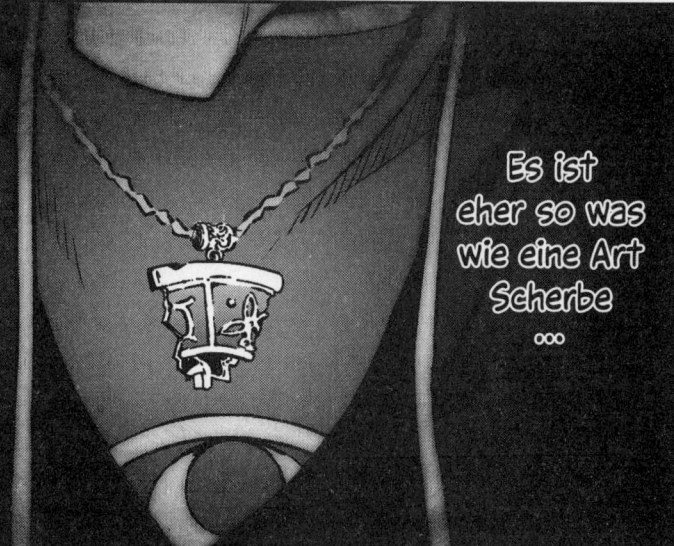

Es ist
eher so was
wie eine Art
Scherbe
...

Warum stürmst du sofort los, wenn du ein Monster siehst?

...

Arf?

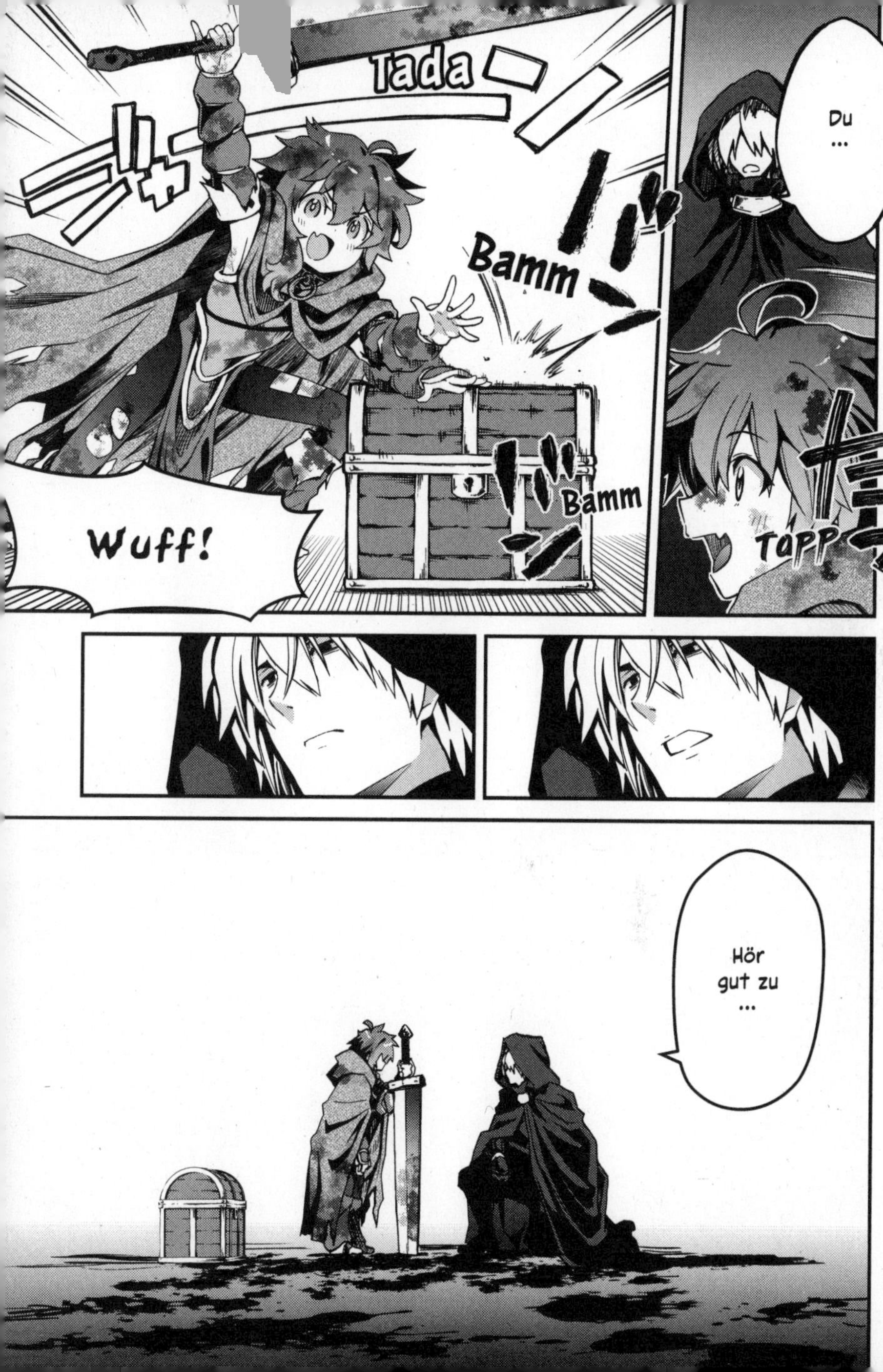
Du …
Tapp
Tada
Bamm
Bamm
Wuff!
Hör gut zu …

Fiep ...?

Weiter vorzustoßen ist diesmal am wichtigsten.

Arf!

Hast du verstanden?

...

Ignorier Monster oder Schätze.

Wraff!

Ob sie's wohl wirklich verstanden hat?

Arf!!

...

DO

domm!!!

stupt

... ist gar nicht mal so übel.

stupt

Aber solch ein Abenteuer
...

Hm
...?

Fieeep ...

Flump

Ist es Gift, Lähmung oder Versteinerung?

...

Bist du verletzt?

...

Also gut!

Bist du hungrig oder erschöpft ...?

Wau!

Juhu

Arf!

Duff

Dann lass uns ein Lager aufschlagen.

Wau

Schnüff

Schnüff

Siehst du so was zum ersten Mal?

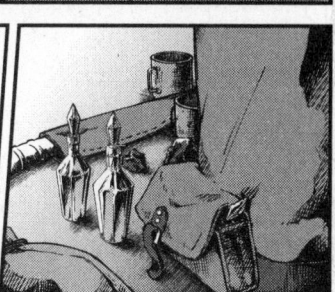

Knurr

Riecht eben wie Wasser ...

...

Schwupp

Während das heilige Wasser auf den Boden gegossen wurde, überprüfte man den Boden auf mögliche Fallen, um die Sicherheit zu gewährleisten...

Mithilfe des heiligen Wassers ließ sich ein magischer Kreis ziehen, der als Barriere Schutz vor Angriffen und anderen Bedrohungen bot.

Gluck

Heiliges Wasser, das im Tempel gesegnet wurde, stellte für jeden Abenteurer eine Notwendigkeit dar.

プッ

So schlug man ein Lager auf.

Dies half, zur Ruhe zu kommen und seinem Körper eine Pause zu gönnen.

Raschel

もそ

もそ

Raschel

Hä ...?!

Was?!

Wo bin ich hier gelandet ...?!

Kapitel 4

Du solltest dankbar sein, dass wir uns nicht im Inneren des Steins befinden.

Dodomm
Waaaah! Iarumas?!
Dodomm
Arf
Garbage?!
Zitter
W... Werde ich jetzt etwa sterben ...?!
Du musst ganz schön mutig sein, wenn du dich als Dieb ganz allein in den Dungeon stürzt.
Zitter
Zitter

Was? Den Stein ...?

Wo hast du diesen Teufelsstein her?

Ähm, nein, ich ...

Ich saß in der Taverne und habe etwas gegessen ...

... als ein merkwürdiger Mann mich plötzlich ansprach.

Ich vermute, er war ein Zauberer.

Es wirkte wie eine Scherbe von etwas ...

Um seinen Hals hing ...

... eine Art Amulett.

はっ

oh

ZUCK

Raraja
...

Ra...

Du ...
Wie ist dein
Name?

Ver-
stehe.

Aber wie es aus-
sieht, wurden
wir ziemlich
weit ins Innere
befördert.

Wir sind
immer noch
auf dersel-
ben Ebene.

Alles
klar.

Schwupp

Klimper

Klimper

Was?

Ah,
hey!

Tapp

Tapp

Was denn?
Kommst du
etwa nicht
mit?

Solch ein Abenteuer erlebt man nicht alle Tage.

Verstehe ...
Er beherrscht tatsächlich ein paar beeindruckende Fähigkeiten.

Das überrascht mich jetzt nicht ...

Er wirft diese hüpfende Münze, um Fallen zu umgehen.

Das bedeutet ...

... aber er umgeht sogar Schatzkisten.

... dass er keine Fallen entschärfen kann.

WuPP

WuPP

Hieks

Arf!

Ich soll einen Gang zulegen ...?

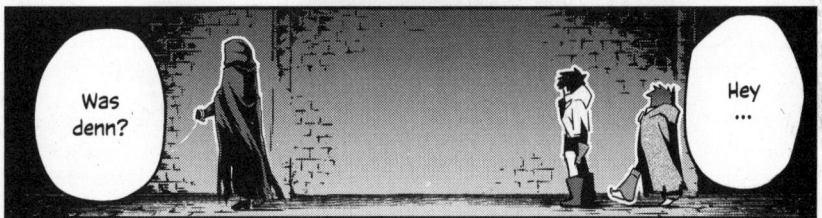

Was denn?

Hey ...

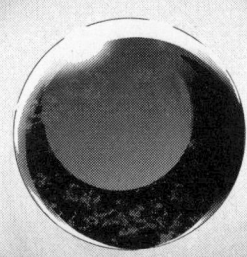

Ah, du meinst den Teufelsstein ...

Dieser Stein ... Was war das für ein Ding?

Im Ernst?!

Wenn er zerstört wird, verwandelt sich alles um ihn herum zu Asche.

Dieser Kerl muss dich ja richtig hassen.

Gut möglich.

Sicher war er unvollständig ...

Bei richtiger Verwendung wird man, so wie wir vorhin, wegteleportiert.

Wobei ich nicht weiß, ob der Stein, den du hattest, einfach nur unvollständig war und ob du ihn richtig verwendet hast.

Fieeep

Und was in ihr vorgeht, verstehe ich auch nicht!

»Gut möglich«?! Wie kann er dabei so gelassen bleiben?

Immerhin hat er es auf sein Leben abgesehen!

Im Dungeon ist es gar nicht mal so ungewöhnlich, dass sich Abenteurer mit unterschiedlichen Wertvorstellungen zusammentun.

Werdet ihr mich töten?

Ob man beispielsweise einem anderen Abenteurer hilft, ohne eine Gegenleistung zu verlangen.

Aber eigentlich geht es nur darum, wie sich eine Person verhält.

Wertvorstellungen.... Es gibt die Abenteurerkategorien gesetzestreu, chaotisch, gut oder böse.

Na ja, so was soll wohl schon mal vorkommen, aber ...

Böse Gut

Chaotische oder böse Menschen würden zwar auch ihre Hilfe anbieten, doch im Nachhinein Geld dafür verlangen. Oder sie würden einen gleich zu Beginn sich selbst überlassen.

Kerle wie die im Clan ...

Oder auch ich selbst, der sich nur zum Selbstschutz an die Fersen der beiden geheftet hat.

Ich versuche mich neutral zu verhalten.

Du bist ein Leichenberger ... Ich bin davon ausgegangen, dass du auf derselben Seite stehst wie ich.

Letzten Endes sind solche Ausrichtungen wohl doch nicht der Rede wert, oder?

Sie als gesetzestreu oder chaotisch zu beschreiben würde wohl Parteien beider Lager in Bedrängnis bringen ...

Arf?

Aber bei ihr ... weiß ich es nicht.

イリーン

イリーン

Klimper

Klimper

Außerdem ...

... bist du nicht mein Feind.

Wenn ich tot bin, gibt es keinen mehr, der dafür bezahlt, sie wiederzubeleben. Dadurch gäbe es auch keine Almosen für den Tempel, was wiederum schlecht für ihn wäre.

Was denkt sich dieser Kerl bloß?

Sicher lässt er mich nur des Geldes wegen am Leben, oder?

O... Okay! Schon gut! Kein Grund, mich so zu hetzen!

zuck

Wuff!

Wenn ich wieder an die Oberfläche zurückkehre, könnte mich mein Auftraggeber wegen meines Versagens zur Rechenschaft ziehen.

Oder die Typen vom Clan richten mich hin.

Ich weiß wirklich nicht, was schlimmer wäre ...

Doch zu-
mindest für
den Moment
bin ich am
Leben.

Und da-
ran muss
ich mich
klammern!

Ich
hoffe,
dass sich
auf der
anderen
Seite der
Tür be-
kanntes
Terrain
befindet
...

Ich
habe
dieses
Gebiet
hier noch
nicht er-
forscht.

Eine
Tür!

Hibbel

Hibbel

Wuff ...!

Auch wenn wir nach einem anderen Weg suchen, wissen wir nicht, worauf wir stoßen könnten.

Grapp

G... Gehen wir da jetzt wirklich rein?

Wenn sich dahinter ein Durchgang befindet, dann wäre alles gut, aber erwartet uns eine Grabkammer ...

... werden dort mit Sicherheit Monster auf uns lauern ...

... und wir könnten sterben.

A... Also gehen wir rein?

Tschk

Groh

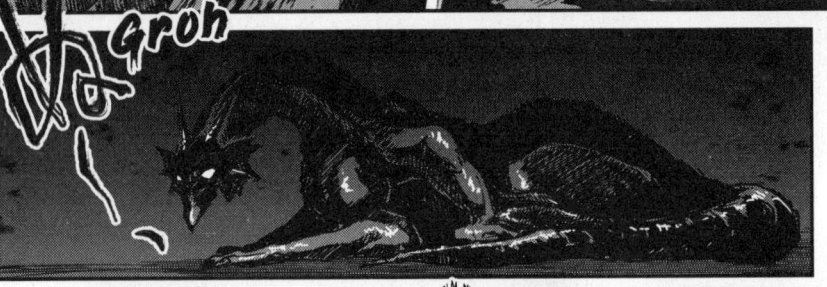

Wuff ...!

W...
Was ist
das?!

Wumm

フ

Fssssssschn...

ゴ Groh ゴ Groh ゴ Groh ゴ Groh

Uh ...

Uns bleibt wohl nur zu kämp- fen ...

Oho ...

Nicht gerade ein hilfreicher Ratschlag ...!

Tsching

Sie beherrschen spezielle Atemtechniken.

Ein Kämpfer könnte vielleicht dagegen ankommen, aber ein Dieb wie du hat keine Chance.

Garbage scheint es da nicht anders zu ergehen.

Normalerweise hätten mir die Kerle aus dem Clan jetzt befohlen voranzustürmen und als lebendiger Schild zu dienen.

Deshalb weiß ich nicht, was ich tun soll ...

Was soll ich bloß tun?

Der Unterschied zwischen uns ist unübersehbar. Sie muss von den Göttern gesegnet worden sein.

Verstehe ... Garbage hat wirklich Talent. Man könnte sie sogar als Genie bezeichnen.

Sowohl beim Level als auch bei der Ausrüstung und Erfahrung ... Einfach in allem!

Weder ich noch Garbage ...

... können den Drachen bezwingen.

Aber trotzdem ...

Wir sind ihm in allen Belangen unterlegen!

154

Waaah ...?!

Kling

Pschiuh

Weg mit euch ...!

Lasst mich ... gefälligst in Ruhe!

wusch

wusch

wusch

Kribbel

Kribbel

Ein schrecklicher Gestank ...

... Hitze ...

... und dieser beißende Schmerz von verbrannter Haut ...

Aber ... das war es dann auch schon.

Bwoh

... der Atem eines Drachen, den ich seit meiner Kindheit sehen wollte!

Was mich jetzt am meisten interessiert ...
... ist, was Iarumas tun wird.
Fortsetzung folgt ...

BLADE&BASTARD

Welcome to the world of wizardry

BLADE&BASTARD

Welcome to the world of wizardry

Kapitel 0   **All Stars**

Weder ein Rhea wie du noch ein Zwerg wie ich können in der Dunkelheit dieses Dungeons irgendetwas erkennen.

Hoppla.

Das weiß ich natürlich, Hohepriester Tuck!

Na guuut ...

Und Sarah ... Wenn du schon jemanden für sein Verhalten rügst, dann könntest du das auch etwas freundlicher ausdrücken.

Oder ...

... Prospero?

Aber wir sind noch immer keine Ebene tiefer, oder? So werden uns noch die Beine abfallen.

Wem sagst du das ...

Die Tiefen dieses Dungeons übersteigen das menschliche Vorstellungsvermögen.

Das ist wirklich unglaublich faszinierend.

Anders als bei einer Höhle muss ihn jemand gebaut haben.

Nun, es ist ein Dungeon ...

Wofür?

Wer?

Wann?

Und wie?

Das werden wir bald herausfinden.

Irgend-
welche
Anzeichen
für Feinde,
Hawkwind?

Aber
endlich
eine neue
Ebene
...

Nein,
keine.

Natürlich
lauerten Ge-
fahren auf
uns und es
war möglich,
dass einer
von uns sein
Leben hier
verlieren
könnte.

Niemand
war zuvor
jemals hier
gewesen,
niemand
hatte sie zu-
vor jemals
betreten.

Klonk

Gehen wir!

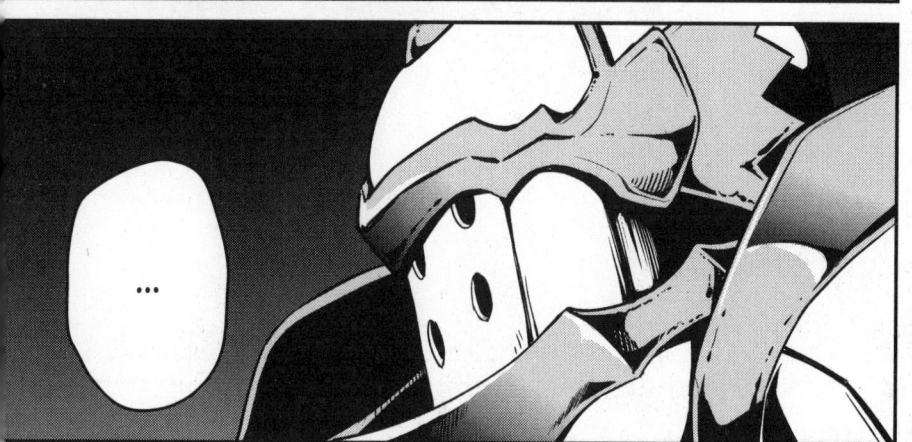

...

Dusch

Aua

Sagt mal ...

Eine Falle?! Oder Feinde?! Oder wurdest du paralysiert?!

Oh nein!

Was ist los, Sezmar? Wieso bist du plötzlich stehen geblieben?

... die ersten Abenteurer ... die diese Ebene erreicht haben, richtig?

Wir sind doch ...

Die große Tür war versiegelt und ungeöffnet. Gerade du solltest das doch wissen!

Was redest du denn da? Natürlich sind wir das!

Hast du wirklich so große Angst, Sezmar?

Warum fragst du?

Tschack

Die Tür war auch wirklich versiegelt?

Ja ...

... so sollte es gewesen sein.

174

BLADE&BASTARD

Welcome to the world of wizardry

Vor dem Abenteuer in der Taverne
Kumo Kagyu

»Mensch, das ist wirklich bedauernswert …!«

»Wie recht du hast …«

Zwei wunderschöne Elfenfrauen saßen in Durgas Taverne und unterhielten sich angeregt. Die eine hatte silbernes Haar, die andere war blond. Beide trugen Gewänder, anhand derer man sie als Priesterinnen identifizieren konnte. Sprach man von Abenteurern, so dachte man stets an eine Ansammlung rauer Gesellen. Daher geschah es immer mal wieder, dass man sie ansprach und belästigte.

Bei den beiden Frauen handelte es sich um Schwester Ainikki aus dem Kant-Tempel und Sarah von den All Stars. Auch wenn es einen Unterschied machte, ob man sich an der Oberfläche oder im Dungeon befand, so waren beide Frauen in Scale an vorderster Front anzutreffen. Es gab viele, die darüber nachdachten, mit den Mönchen, Priestern oder Nonnen des Kant-Tempels in Kontakt zu treten, aber nur wenige taten es tatsächlich. Neulinge, die nach Scale kamen, glaubten mit hoher Wahrscheinlichkeit den grausamen Gerüchten, die über die Mitglieder des Tempels kursierten.

Normale Abenteurer taten dies nicht. Auch wenn sie verbittert darüber waren, dass ihre Kameraden während der Zeremonie zu Asche wurden oder verschwanden, so wollten sie nicht dasselbe Schicksal erleiden. Aus diesem Grund mieden sie sie ...

Am beliebtesten waren Priesterinnen der Erdgöttin, daneben gab es auch vereinzelte Anhänger von unbekannten, fremdländischen Göttern. Man konnte nicht sagen, dass Kant-Priester insgesamt eine Minderheit darstellten, doch unter den Abenteurern taten sie das gewiss. Und dennoch war der Kant-Tempel der am meisten florierende Ort in der Stadt, was auf seine Macht zurückzuführen war. Nicht einmal die Erdgöttin war dazu imstande, eine Wiederbelebung zu bewirken. Dies vermochte nur der von Kant verehrte Gott Kadorto.

Wünschte man sich also eine Wiederbelebung, so hatte man keine andere Möglichkeit, als ihn anzubeten. Ob man allerdings damit einverstanden war, dass dafür hohe Spenden verlangt wurden, stand auf einem anderen Blatt Papier ...

Nun aber wieder zurück zum eigentlichen Thema. Jedenfalls würde sich nur jemand mit großem Mut oder ein unwissender Narr mit diesen beiden Damen anlegen.

»Dieser Kerl … Sind Mädchen für den etwa nur so was wie Pflastersteine im Dungeon …?«

»Die Wahrscheinlichkeit dafür ist jedenfalls hoch …«

Schwester Ainikki nahm einen großen Schluck von ihrem hochprozentigen Schnaps, als wäre er Wasser, und stieß einen tiefen Seufzer aus. Offenbar hatte Iarumas, der in Schwarz gekleidete Leichenberger, sie seine Kameradin waschen lassen. Besser gesagt: Aine konnte es nicht mehr mit ansehen und bat ihn, es machen zu dürfen – beziehungsweise sie schlug es vor, doch das war im Grunde genommen dasselbe. Zwar stimmte Sarah den Klagen ihrer Freundin zu, doch eine Sache hatte ihr Interesse geweckt.

»Aber ist es wirklich wahr, dass Iarumas eine Gruppe mit diesem Mädchen gebildet hat?«

»Er meinte, sie würde ihm aus eigenem Antrieb folgen.« Obwohl sie schon einiges von dem starken Alkohol intus hatte, breitete sich ein sanftes Lächeln auf ihrem schmalen, blassen Gesicht aus. »Da er ihr allerdings erlaubt hat, mit ihm zusammen in den Dungeon zu gehen, kann man die beiden ja wohl guten Gewissens als Kameraden bezeichnen, oder?«

»Unglaublich …« Sarah verbarg ihre Verwunderung nicht und führte ihren mit Wasser verdünnten Wein zum Mund.

Nach einem kräftigen Schluck leckte sie sich die Lippen. »Wir sprechen immer noch von Iarumas, oder?«

»Ich weiß, worauf du hinauswillst, aber ...«

»Wir sprechen doch von ihm, oder?« Je mehr sie nachhakte, desto rätselhafter erschien Sarah der Mann mit dem Namen Iarumas. Sie fragte sich, was ihn so interessant machte. Im Großen und Ganzen kam ihr nur wenig Positives über ihn in den Sinn. Den lieben langen Tag durchwanderte er auf der Suche nach Leichen den Dungeon. Und nach seiner Rückkehr verbrachte er seine Zeit in der Taverne oder schlief im Gasthaus.

Ob es wirklich Spaß macht, alleine im Dungeon herumzustreifen?

Ainikkis Worte waren schwer zu glauben. Sarah verzog das Gesicht, frustriert darüber, dass ihre Vorstellungskraft ihre Grenzen erreicht hatte.

»Wo man auch hingeht, sind da unten doch nur Steine, Steine, Steine ...«

»Na ja, angeblich sieht Iarumas nur ein weißes Drahtgitter in der Dunkelheit schweben.«

»Ach ja ...« Ohne Scheu zeigte Sarah ihre Meinung über ihn und streckte ihre Zunge raus, ehe sie laut aufstöhnte.

»Dieser Typ ist wirklich geisteskrank ... Wenn er sich trotz deiner ständigen, konstruktiven Standpauken nicht langsam bessert, wird es für ihn zu spät sein.«

»Jeder strebt nach einem guten Leben und einem guten Tod. Das gilt auch für Iarumas!«

Das sieht ihr ähnlich ...

Ihre Freundin war vollkommen unerschütterlich und schreckte nicht davor zurück, anderen ihre Meinung mitzuteilen. Als Aine ihr ein überzeugtes Lächeln schenkte, blieb ihr keine andere Wahl, als klein beizugeben. Außerdem würde ihre kleine Verschnaufpause mit ihrer Freundin noch in eine religiöse Debatte verkommen, wenn sie so weitermachte. Davon hatte sie mit Hohepriester Tuck schon genug, weshalb sie derartige Gespräche lieber vermeiden wollte.

»Na ja, solange du zufrieden bist, Aine, ist alles in Ordnung. Vielleicht solltest du ihn einfach mal zu Boden stoßen und dich auf ihn setzen, was meinst du?«

»Das wäre leichtsinnig, immerhin könnte ich dadurch schwanger werden. Und wo Leben ist, ist auch Tod. Deshalb ...«

»Du bringst mich in Verlegenheit, wenn du auf einen Witz derart ernst antwortest, Aine.«

»Hmm …«

Ihre Freundin blieb selbst bei anzüglichen Gesprächsthemen völlig ungerührt, was Sarah ein wenig frustrierte. Doch sie genoss es, eine Freundin zu haben, die derart ausgelassen über solche Themen sprechen konnte. Es war nicht einfach nur Männer um sich herum zu haben, schließlich hatten Frauen auch ihre Sorgen. Sie war also dankbar dafür, dass sie bei Aine die Gelegenheit hatte, völlig sie selbst zu sein. Besonders vor einem Abenteuer.

»Hey, Schwester. Willst du mir denn nicht auch eine Predigt über die Mysterien des Schicksals halten und … Uwah?!«

»Es ist wohl langsam Zeit für mein nächstes Abenteuer.«

Sarah stand auf und schlug den Mann, der sich auf ihre Schulter gestützt hatte, mit ihrem Stock nieder.

»Oje …«, murmelte Aine.

Nun, der Mann hatte Glück, dass er nicht lebendig gehäutet und danach ausgelöscht wurde. Die Priesterin mit dem silbernen Haar blieb sitzen – sie blickte zu Sarah auf und kniff lächelnd die Augen zusammen. »Gut. Möge dich ein guter Tod erwarten.«

»Wenn möglich, würde ich das gerne noch etwas hinauszögern«, scherzte Sarah und verschränkte die Arme vor ihrer

Brust, während ihre Freundin für sie betete. »Ach ja, Garbage war ihr Name, oder? Kümmer dich gut um sie.«

Es ist mir irgendwie nicht wohl dabei, dass Iarumas die Verantwortung für sie trägt …

BLADE&BASTARD

Welcome to the world of wizardry

Makoto Fugetsu

Während ich die Geschichte geschrieben habe, hatte ich das Gefühl, ich würde mit Iarumas und den anderen die tiefsten Ebenen des Dungeons erkunden. Ich hoffe, dass die Leser genauso viel Freude an der Geschichte haben werden wie ich! Die Manga-Adaption von *Blade & Bastard* hat ihren Anfang genommen!

Kumo Kagyu

Hallo, ich bin Kumo Kagyu! *Wizardry*! Ganz genau, *Wizardry*! Lasst mich euch mit folgenden Worten zur Manga-Adaption willkommen heißen: Welcome to the World of *Wizardry*!

altraverse

Deutsche Ausgabe / German Edition
Altraverse GmbH – Hamburg 2024
Aus dem Japanischen von Benjamin Leimser

Redaktion: Esther Hornbrook
Herstellung: Marilis Pästel
Lettering: Vibrant Publishing Studio

Druck: Nørhaven A/S, Viborg
Printed in Denmark

www.altraverse.de